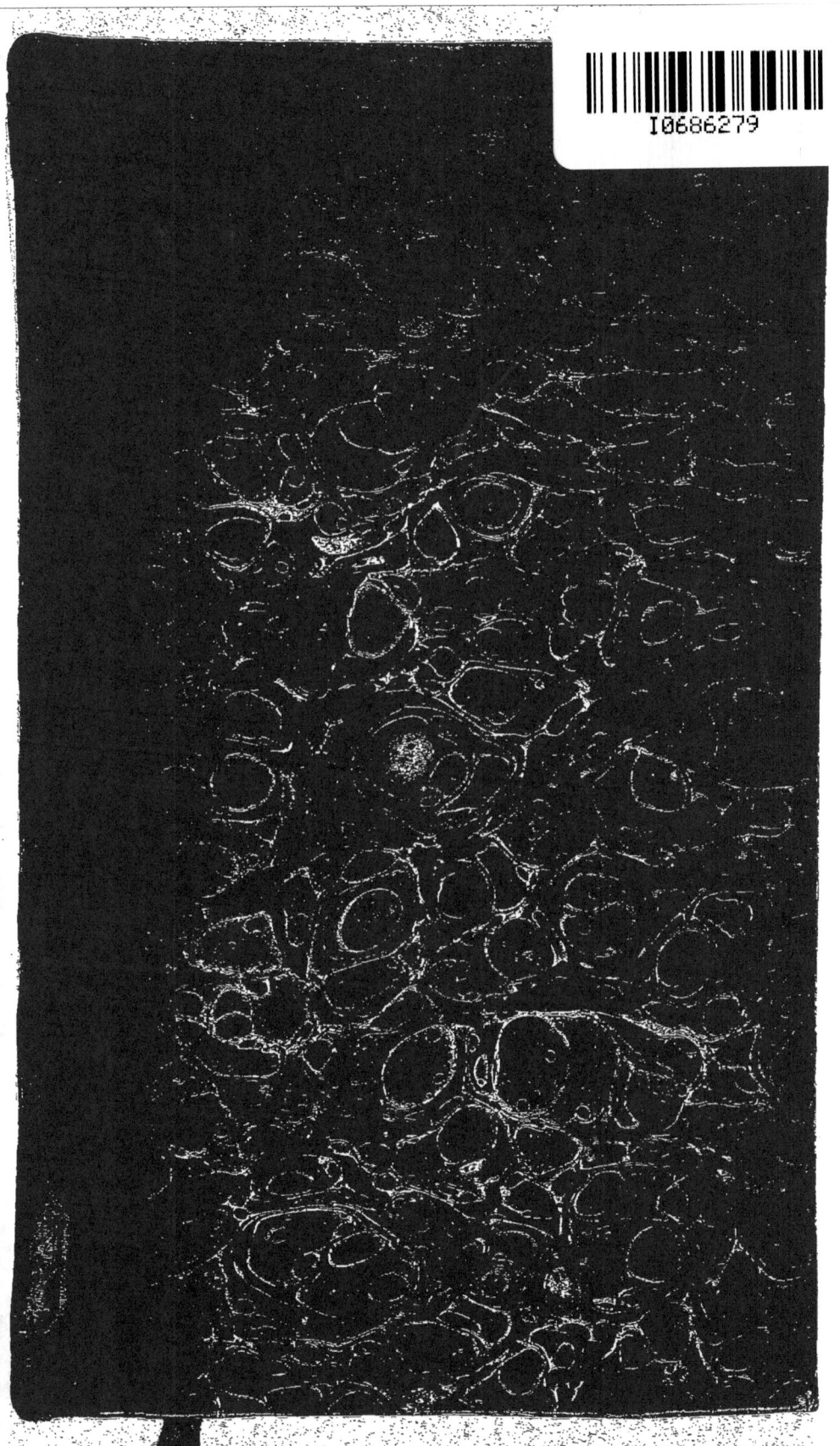

1621. sc. et arts

LETTRE

SUR

LA PHILOSOPHIE

DE MARC-AURELE,

A Messieurs les Auteurs du Journal des Sçavans ; par M. DE JOLY.

Septembre 1768.

MESSIEURS,

LES Sçavans que j'avois consultés par ma premiere Lettre insérée dans votre Journal du mois de Janvier dernier, ont été de mon avis sur le fond de la difficulté que j'avois soumise à leurs lumieres. Les mêmes motifs m'engagent à les consulter sur une autre partie qui est la plus importante de ma traduction & de mes notes.

A ij

Un de vous, Meſſieurs, a été ſurpris du double titre que je donne à cette nouvelle Traduction : *Penſées . . . ou leçons de vertu*, &c. Je dois rendre compte de mes raiſons. Les voici.

Dans le précieux Recueil qui nous reſte de M. A., cet Empereur s'énonce toujours en premiere perſonne ; il ne parle que pour lui ſeul, de ſes défauts, de ſa famille, de ſes Maîtres, de ſes amis ; il y nomme les lieux des Campemens où il écrivoit. C'eſt évidemment un Recueil que l'on fit après ſa mort, de toutes ſes tablettes de poche. On dût les trouver ſans titre ; & tel eſt auſſi le Manuſcrit de Marc - Aurele conſervé à la Bibliothéque du Vatican (N°. 1950). On n'y voit aucun titre, aucune diviſion en Livres, ſuivant une note que m'en a fait tenir M. Winckelmann (*) par les ordres de

(*) Les nouvelles publiques ont raconté

M. le Cardinal Alexandre Albani,
Ce Manuscrit est sur du papier de
coton. Il avoit été vû & consulté
en 1675. par le Cardinal François
Barberin , neveu du Pape Urbain
VIII. qui en parle dans sa traduction Italienne de Marc-Aurele ,
imprimée à Rome , Livre très-
rare.

La division de cet Ouvrage en
12 Livres est fort ancienne. Philos-
trate qui vivoit au commencement
du 3e siécle de notre Ere , a dit au
rapport de Suidas , *que Marc avoit
écrit en* 12 *Livres une institution de
sa propre vie* (*a*) : Remarquez, je
vous prie , Messieurs , ce titre :
Institution de sa propre vie. Ces
mots ne peuvent être de Marc-

le cruel assassinat de ce célébre Anti-
quaire. Il signoit ainsi : *Jo. Winckelmann
Antiq. Romanis Præf. & in Bibl. Vatic.
Græc. L. Prof.*

(a) Ουτος έγραψε τῶ ιδίᾳ βίᾳ διαγωγὴν ἐν
βιβλίοις ιϐ'. *Suidas in voce* Μαρχος.

A iij

Aurele. Il font donc d'un Copifte de fes tablettes , lequel en leur donnant ce titre de fon chef , partagea auffi le texte en 12 repos.

Mais les autres Copiftes n'ont point adopté ce titre. Le Manufcrit Palatin que Xylander fit imprimer pour la premiere fois en 1558. donne un titre tout différent de ce premier , aux 12 Livres dont il adopte la divifion ; & cette diverfité de titres fuffit pour les abroger tous , puifqu'ils portent également le caractère d'une main étrangère. C'eft ce qui m'a perfuadé que le titre le plus naturel que l'on puiffe donner à la copie fans titre confervée au Vatican , laquelle me paroît repréfenter l'original , eft celui de *penfées de Marc - Aurele* , fans même y ajouter *morales*, parce qu'en effet il y a plufieurs penfées qui n'ont pas de rapport aux mœurs.

Cependant comme le titre du Manufcrit Palatin imprimé par les

foins de Xylander, eſt, depuis plus
de 2 ſiécles, entre les mains des
Sçavans, je n'ai pas dû l'omettre.
J'ai été obligé de le traduire malgré ſon obſcarité (*a*). Elle vient
d'un mot qui doit y être ſous - entendu. Ces ſous - ententes étoient
fort uſitées parmi les Philoſophes,
& ſur-tout parmi les Stoïciens: J'ai
trouvé dans Diogene Laërce que le
Légiſlateur Solon *avoit laiſſé par*
écrit des Leçons de vertu qu'il ſe fai-
ſoit à lui-même (*b*) & j'ai penſé avec
Fabricius (*c*) & Lambert Bos (*d*)
que dans le titre donné à Marc-Au-

(*a*) Μάρκʊ . . . . τῶν εἰς ἑαυτὸν.

(*b*) Γέγραφε . . . εἰς ἑαυτὸν ὑποθήκας. Scrip-
ſit ad ſeſe quædam exhortatoria. *Diog.*
Laërt. Solon. Segm. 61.

ὑποτίθεσθαι. Significat, inter alia, præ-
ceptiones dare Doctrinæ, Moralis & Philo-
ſophicæ. *H. Steph. Theſaurus.*

(*c*)Bibliot. Græc. Tom. 4. Lib. 4. cap. 23
§. 2.

(*d*) Lamberti Bos Ellipſes Græc. p. 252.
Edit. 1673.

rele par un dernier Copiste, c'é-
toit ce même mot, *Leçons de vertu*,
qu'il falloit sous-entendre, puisque le tour de la phrase est d'ailleurs le même dans le titre de Solon & celui qu'on a donné à Marc-
Aurele.

Je suis, &c.

---

*Penfées de l'Empereur Marc-Aurele
Antonin, ou Leçons de vertu que
ce Prince Philofophe fe faifoit à
lui-même.*

CHAPITRE III.

Sur l'Etre Suprême, & les Dieux créés.

I.

C'est de fon propre mouvement
que la nature de l'Univers s'est portée à faire le monde. Par conf é-
quent, tout ce qui s'y paffe main-

tenant eſt une ſuite néceſſaire de
ſes premieres volontés ; ſans quoi
il faudroit dire que l'*Etre Suprême*
y auroit mis ſans réflexion & au
hazard les créatures même du premier ordre , quoiqu'il montre pour
elles une inclination particulière.
Cette penſée te rendra plus tranquille que tu ne l'es ſur bien des
choſes , ſi tu te la rappelles ; (*Edi-
tion de Gataker , Liv.* VII §. 75.
ἢ τῷ ὅλᾳ ▬ μνεμονευομενον.

Toutes choſes ſont liées entre
elles par un enchaînement ſacré, &
il n'y en a peut-être aucune qui ſoit
étrangère à l'autre : car tous les
Etres ont été combinés pour for-
mer un enſemble d'où dépend la
beauté de l'Univers. Il n'y a qu'un
ſeul monde qui comprend tout ;
un ſeul Dieu qui eſt par-tout ; une
ſeule matière élémentaire, une ſeule
Loi qui eſt la raiſon commune à
tous les êtres intelligens , & une
ſeule vérité, comme auſſi un ſeul
état de perfection pour les choſes

de même genre , & pour les êtres
qui participent à la même raison.
(VII.. 9. παν}α ⟶ ξώων.)

Ne te borne pas à respirer en
commun l'air qui nous environne,
mais commence aussi à ne plus avoir
d'autres pensées que celles que nous
inspire l'intelligence qui nous porte
dans son sein. Car cette souverai-
ne intelligence répandue par - tout,
& qui se communique à tout homme qui sçait l'attirer , est pour lui
ce que l'air ne cesse d'être pour
tout ce qui a la faculté de respirer.
(VIII. 54. μηχέτι ⟶ δυναμένα.)

Celui qui vient de déposer dans
le sein d'une mere le germe d'un
embryon, s'en va ; mais une autre
cause lui succédant , travaille , &
acheve le corps de l'enfant. Quelle
merveilleuse production d'une si
vile matière ! Cette même cause
fournit encore à l'enfant & lui porte
dans les viscères un aliment con-
venable : Puis une autre cause re-

prenant ce qui reſte à faire pro-
duit en lui le ſentiment & l'inſtinct;
en un mot, la vie , la force &
toutes les autres facultés. Qu'elles
ſont admirables ces facultés & en
grand nombre ! Quoique toutes ces
choſes ſoient fort cachées , il faut
les contempler , & y reconnoître
la main d'une puiſſance qui agit en
ſecret , comme nous reconnoiſſons
une force qui attire en bas les corps
peſans, ou qui porte en haut les
corps légers. Ces ſortes d'opéra-
tions ne ſe voient point avec les
yeux du corps ; mais elles n'en
ſont pas moins évidentes. (x. 26.
σπέρμα ═ ἐναργῶς).

Si l'intelligence nous eſt commune à tous, la raiſon qui nous
conſtitue des êtres raiſonnables nous
eſt également commune ; & s'il en
eſt ainſi , une même raiſon nous
preſcrit ce qu'il faut faire ou éviter.
C'eſt donc une Loi commune qui
nous gouverne ; nous ſommes donc
des Citoyens qui vivons enſemble

sous la même police , & il suit delà que le monde entier ressemble à
une grande Cité. Hé ! en effet, de
quelle autre police pourroit-on dire
que la société humaine dépend , si
non de celle de la Cité entière ?
Mais est-ce delà ; est-ce de notre
commune Cité que nous sont venues l'intelligence , la raison , la
Loi ? Ou nous sont elles venues
d'ailleurs ? Car enfin ce que j'ai de
terrestre m'est venu d'une certaine
terre ; ce que j'ai d'humide m'est
venu d'un autre élément ; & il en
est de même des parties d'air & de
feu qui sont en moi : elles me sont
venues de sources qui leur sont par-
ticulières ; puisque rien ne se fait de
rien , ni ne retourne à rien ; il faut
donc aussi que mon intelligence me
soit venue de quelqu'autre principe
(*qui ne soit ni terre , ni eau , ni air ,
ni feu*). IV. 4. εἰ τὸ ━━ ποθέν.

Pourquoi des ames grossières &
ignorantes communiquent - elles
leur trouble à une ame cultivée &

inftruite ? Mais quelle eft l'ame cultivée & inftruite ? C'eft celle qui a
une fois connu l'origine des êtres,
& leur fin, & cette raifon divine
qui pénétrant tout ce qui exifte fait
paffer l'Univers, dans le cours des
fiécles, par les différentes révolu-
tions dont elle avoit réglé l'ordre
& la fuite. (v. 32. διὰ τί ═ τὸ πᾶν.)

I I.

Il n'y a rien qui n'ait été fait à
quelque deffein ; par exemple, le
cheval, la vigne. Qu'y a-t-il-là
de furprenant ? Le Soleil lui-même te dit : j'ai été créé (*) pour
faire un tel Ouvrage, & tous les
autres Dieux t'en difent autant.
Mais toi pourquoi as-tu été fait ?
Eft-ce pour te divertir ? Vois toi-
même s'il y a du bon fens à le dire.
(VIII. 19. ἔκαστον ═ ἔννοια.)

A ceux qui te demandent où tu

(*) Créé, dans le fens de Platon, de
Timée de Locres, de Cicéron, &c.

vois des Dieux & ce qui te prouve
qu'il y en a, pour les honorer autant que tu le fais, réponds pre-
mierement qu'ils font vifibles. Dis-
leur enfuite : je n'ai jamais vû mon
ame & cependant je la refpecte. Il
en eft de même de ces génies di-
vins : comme j'éprouve continuel-
lement leur pouvoir, je ne doute
pas qu'il n'y en ait & je les révère.
(XII. 28. πρὸς τοὺς ═ αἰδӗμαι)

N O T E S.

Quoique Marc-Aurele en trai-
tant bien des fortes de matières,
remonte fouvent à la Divinité, je
n'ai pu tirer de fon Ouvrage qu'un
petit nombre d'articles dont l'exiftence de l'Etre Suprême faffe l'ob-
jet principal. C'eft pourquoi le
Chapitre qu'on vient de lire fé
trouve fort court. Mais il touche
à un fujet fublime, plein d'obfcu-
rité, célèbre par toutes les Sectes
qu'il a fait naître, & qui fe repré-
fente à prefque toutes les pages de
Marc-Aurele.

(15)

J'ai dû en éclaircir une fois les difficultés, autant du moins qu'il est en mon pouvoir de le faire. Je sens qu'une foule d'idées s'offre devant moi. Mais je ne vais dire que ce qui me paroît être de la derniere clarté en raisonnement, ou bien des faits. Je laisse tout le reste à l'écart. On me sçaura peut-être gré de ce choix, & sur - tout de ma briévété en un sujet si vaste.

Marc-Aurele raisonne assez souvent dans le système des Atomes, du hazard, de l'Athéisme (a). C'est que dans toutes les suppositions, il veut que l'on soit homme de bien, puisqu'en aucun cas, dit-il, on ne peut nier que nous n'ayions pour guide & pour loi, notre esprit & notre raison, & qu'un homme ne peut vivre tranquille & content,

(a) II. 11. IV. 3. VI. 10. 24. VIII. 17. IX. 28. 39. X. 6. XI. 18. XII. 14. 24.

s'il ne régle sa vie conformément à sa nature ; c'est-à-dire conformément à sa structure propre dont la piéce principale est ce même esprit & cette même raison qu'il ne peut contrarier sans remords (a).

Mais Marc-Aurele croyoit, ainsi que la plûpart des Philosophes, un seul Dieu Suprême.

Platon & les Stoïciens (*) n'avoient vû dans le monde sensible, que de la matière & du mouvement. Ils avoient reconnu que la matière n'a par elle-même aucune activité, puisque au contraire elle résiste, de sa nature, au mouvement, à proportion de sa masse. Si le mouvement étoit essentiel à la matière, plus il y auroit de masse dans

(a) V. 16. VI. 16. 40. VII. 55. VIII. 12.

(*) Plato in Phæd. De Legibus Lib. XI. Seneca, Epist. 65.

un corps, plus il y auroit de forces
vives réunies. Ils conclurent de là
qu'il y avoit dans le monde un
principe des mouvemens qu'on y
voit ; principe unique, univerſel ,
(puiſque tous les mouvemens ſont
de même nature, l'un ne différant
de l'autre que par la direction & la
force) & principe tout autre que
la matière qu'il met en action.

De plus , ils s'apperçurent que
tous ces mouvemens n'étoient pas
confus ; que par exemple, dans le
corps humain & dans les corps cé-
leſtes , il y avoit parmi les mouvemens qui animent ces machines,
différentes directions arrêtées , divers degrés de force , un ordre conſ-
tant & des combinaiſons aſſorties
aux beaux effets qui en réſultent ;
ce qui leur fit connoître avec une
parfaite évidence, que ce principe ,
quel qu'il fût, ſans lequel le monde n'exiſteroit pas tel qu'on le voit,
n'étoit nullement un principe aveu-

gle ; qu'il étoit doué d'intelligence , de raison , de volonté , libre
& puissant au plus haut degré, &c.

Mais quelle est, en elle-même,
la substance du principe universel
& invisible auquel ces attributs ap-
partiennent ?

Hélas, en donnant à l'homme
une extrême curiosité de tout sça-
voir, l'Auteur de la Nature ne lui
accorda que la faculté de connoître
en partie, les propriétés des causes, &
leurs différences , ce qui nous re-
duit à dire plutôt ce que chacune
d'elles n'est pas, que ce qu'elle est.

En quoi consiste la matière ?
Quelle est l'essence de notre ame ?
Quelles sont les Loix de son union
avec le corps ? Qu'est ce que c'est
que l'ame des bêtes ? &c , &c , &c ?
Nous l'ignorons entièrement, quoique nous connoissions avec certi-
tude , par la différence des effets

que nous voyons, l'exiftence & la diverfité des caufes qui les produi-fent.

Il eft bien étrange que de tant de Légiflateurs qu'il y a eu jufqu'à préfent dans le monde, pas un feul n'ait fait pour le repos & le bon-heur des fociétés humaines, la plus utile de toutes les Loix ! c'eût été d'ordonner aux hommes, fous les peines les plus févères, qu'ils euf-fent à contenir dans de juftes bor-nes leur curiofité naturelle, & leur défendre abfolument de parler & d'écrire fur des chofes qui paffent la portée de l'efprit-humain.

Que de Livres fupprimés par-là, ou reduits à bien peu de pages ! Que de diffenfions prévenues ! Que de fang humain épargné !

Marc-Aurele fut bien plus rete-nu que ne l'avoient été avant lui tous les Philofophes, à parler de la nature de l'Etre Suprême.

La plûpart des Stoïciens avoient dit que la cause premiere étoit ou un feu, ou une sorte de feu universel, dont le siége principal étoit au plus haut des airs. Jamais Marc-Aurele n'adopta cette supposition. Il dit même le contraire. IV. 4.

Il a seulement employé une grande diversité d'expressions & d'analogies pour désigner cette première cause, dont il n'a fait qu'indiquer la nature par ses propriétés & ses effets, sans avoir eu la témérité de vouloir la définir.

D'abord il l'appelle simplement *cause* (*ætia*) , c'est-à-dire cause par excellence. Il l'appelle encore *cause-Divine* ou *cause première*, ou *Etre Suprême* (hegemonicon) (*a*).

Et pour écarter toute idée de ma-

(*a*) IX. 6. VIII. 27. IX. 1. VII. 75. VI. 36. IX. 22. 26.

térialifme, il défigne très - fouvent
cette caufe première par les mots
de *raifon*, *d'efprit*, *d'intelligence*
(Logos. Noos. Dianoia). *La raifon,*
dit-il, *qui gouverne la fubftance de*
l'Univers.... La raifon qui pénétre
& adminiftre toutes chofes... L'ef-
prit qui a tout difpofé dans le mon-
de.... L'efprit & la raifon font tout
ce qu'ils veulent.... L'intelligence de
l'Univers, &c (a).

Par le mot de *nature* Marc - Aurele entendoit la Providence de
l'Etre Suprême qui a fait la nature
& qui la gouverne (b), ou bien par
ce même mot & par celui de *monde*
il vouloit exprimer la fécondité des
productions naturelles, leurs chan-
gemens, leurs viciffitudes, leur or-

(a) VI. 1. 5. V. 32. IV. 46. V. 30. X.
33. IX. 28.
(b) II. 11. VII. 75. XI. 10. IX. 35. VII.
25. IV. 23. XII. 1. VI. 36. IX. 22.

dre, fuivant les difpofitions primitives de leur Auteur.

Tous les Sçavans font d'accord que le nom de *Jupiter* eft une épithète qui fignifie *Père fecourable*, ou *Père bienfaifant*, épithète que les Poëtes donnerent à ce fils de Saturne dont Varron avoit dit que l'on montroit encore le tombeau dans l'Ifle de Créte ; mais les Philofophes n'entendoient par cette épithète, que le Dieu Suprême : c'eft dans ce fens que Marc-Aurele l'a employé, quoique rarement (a).

Il a bien plus fouvent employé le feul mot *Dieu*, ou cette périphrafe : *celui qui gouverne le monde* (b).

Enfin Marc-Aurele fe repréfen-

(a) IV. 23. V. 8. XI. 8.
(b) XII. 23. VIII. 34. 56. XII. 2. 11.
V. 34. VI. 10. 42. X. 25.

toit le grand tout compofé de Dieu
& de fes ouvrages, fous les ima-
ges familières du corps humain,
dans lequel l'ame commande, ou
d'une grande Cité gouvernée par
un Souverain. Ce font des compa-
raifons néceffairement défectueu-
fes, mais qui forment un tableau
en grand, & fort fenfible (a).

En un mot, Marc - Aurele s'é-
nonce fi fouvent & fi pofitivement
fur la fpiritualité du premier principe, qu'il y auroit une extrême in-
juftice à le foupçonner d'une autre
façon de penfer, comme l'ont fait
certains Sçavans qui ne l'avoient
pas lû ou médité tout entier.

Il croyoit du fond du cœur la
providence d'un Dieu Suprême
& de fes Miniftres, dont on par-
lera bientôt. Il tenoit même à cette

(a) IV, 40. X. 1. II. 11. III. 11. IV.
4. 33.

croyance , autant qu'à sa propre vie.
Qu'ai-je à faire , difoit-il , *de vi-*
vre dans un monde fans providence
& fans Dieux ! (a).

Tels font les éclairciffemens qui
m'ont paru néceffaires pour l'intelligence de toutes les penfées de
Marc-Aurele qui ont du rapport à
l'Etre-Suprême.

Quant au texte particulier de ce
Chapitre , l'article premier où il eft
dit que *la nature de l'Univers a fait*
le monde , ne peut être entendu
que de l'Auteur de la nature , &
d'un feul Dieu dont l'efprit éclaire
notre raifon , comme le portent les
deux articles fuivans & le dernier.

On lit dans un autre article que
rien ne peut avoir été fait de rien.
La fimple Philofophie ne pouvoit
pas aller plus loin. Il n'appartenoit

(*a*) II. 11.

que

qu'à la révélation de nous enfei-
gner que les ames ont été tirées du
néant, ainfi que la matière. Mais
le raifonnement de Marc - Aurele
n'en fubfifte pas moins. Notre raifon eft certainement venue d'une
caufe intelligente, foit par émana-
tion, foit par voie d'exiftence nouvelle. Cette preuve de la Divinité eft très-lumineufe. Marc - Aurele la tenoit de Socrate dans Xénophon, Livre I.

De toutes les autres preuves que
fournit en abondance le fpectacle
de la Nature, Marc Aurele n'a
cité que la merveilleufe formation
du fœtus humain. On pourra être
bien-aife de voir encore deux autres raifonnemens de même goût
par lefquels on va terminer cette
premiere note.

Nous fommes dans l'ufage (di-
foit Epictete) « de juger par la ftruc-
» ture des beaux ouvrages, qu'ils

B

» font de la main d'un Ouvrier &
» qu'ils ont été faits avec réflexion.
» Quoi donc chaque ouvrage de
» l'art nous prouve l'existence d'un
» Ouvrier , & tous les objets qui
» font dans la nature , la structure
» même des yeux qui les voient &
» la lumiere qui nous les rend vi-
» fibles , ne démontreroient pas
» l'existence de leur Auteur!.....
» Qu'on nous explique qui a fait
» tout cela, & comment il est pof-
» fible que des chofes fi admira-
» bles, où il éclate un fi grand art,
» fe foient faites fans deffein &
» d'elles-mêmes ». (Liv. 1. Chap.
VI. vers la fin du texte Grec d'Arrien).

Socrate avoit dit auffi, au rapport
» de Xénophon , « ce Souverain
» Dieu qui a bâti l'Univers & qui
» foutient ce grand ouvrage, dont
» toutes les parties font accomplies
» en bonté & en beauté, lui qui
» fait qu'elles ne vieilliffent point

» avec le tems & qu'elles se con-
» servent toujours dans une immor-
» telle vigueur , qui fait encore
» qu'elles lui obéissent inviolable-
» ment & avec une promptitude qui
» surpasse notre imagination , ce-
» lui-là , dis-je , est visible par tant
» de merveilles dont il est l'Au-
» teur ; mais que nos yeux péné-
» trent jusqu'à son Trône pour le
» contempler dans ses grandes oc-
» cupations, c'est de cette façon
» qu'il est toujours invisible ». (Xénophon traduit par Charpentier.
Livre IV).

Sur les Dieux créés.

Ces Dieux , suivant Marc-Aurele , étoient le Soleil , la Lune ,
les autres astres ; ou plutôt les Génies qui y présidoient & que l'Auteur de la Nature avoit chargés de
remplir diverses fonctions.

Tous les Philosophes , avant &

après Marc Aurele, ont parlé avec mépris des Dieux des Poëtes : Dieux moins puissans que vicieux, adoptés par l'imbécille vulgaire. Personne n'ignore ce que Cicéron en a dit dans ses deux premiers Livres de la nature des Dieux, & ce que tous les autres Sçavans Payens en avoient pensé.

On peut faire sur ce sujet trois questions :

Sur quoi étoit fondée l'opinion de ces Génies appellés *Dieux*, qui, selon les Anciens, conduisoient les astres & veilloient sur les hommes.

Pourquoi Marc-Aurele, après les autres Philosophes, donnoit-il à ces créatures le nom de *Dieux*.

Pourquoi enfin Marc-Aurele leur offroit-il des sacrifices avec tout son peuple, au lieu de l'en détourner

Voici mes idées fur la premiere queſtion.

L'homme eſt l'animal le plus intelligent & le plus induſtrieux qu'il
y ait fur la terre. Son intelligence
fe diſtingue fur-tout en ce qu'il a
lui feul la faculté de communiquer,
par la parole, ſes propres penſées,
ce que l'eſpéce brute n'a pas, dans
les claſſes même des brutes qui
ont les organes propres à parler, à
qui on l'apprend, & qui paſſent
avec nous toute leur vie.

L'induſtrie de l'homme eſt ſupérieure auſſi, en ce qu'il invente,
te, & que dans ſon eſpéce une gé-
nération ajoute ſouvent à l'induſtrie
de celle qui a précédé ; au lieu que
l'induſtrie des abeilles (par exemple) eſt toujours reſtée dans ſon
état primitif.

Mais fi, en conſidérant cette
échelle de tous les êtres animés

qui peuplent la terre , la mer &
les airs , nous remontons de bas
en haut depuis l'huitre jufqu'à
l'homme , que de degrés d'intelligence ! Comparons l'induftrie , je
ne dis pas de l'huitre , mais des
finges même & des caftors , à
ce que l'homme fait , à l'aide
de fa feule raifon & de fes deux
mains, quelle fupériorité dans l'homme !

Cependant depuis l'homme jufqu'à l'intelligence Suprême, il refte
un vuide immenfe à remplir ; car
l'intelligence humaine , malgré fa
fupériorité fur celle des brutes , eft
bornée à nos befoins , à un très-
petit nombre de connoiffances. Elle
ne connoît aucune effence des chofes. C'eft ce que l'on a fuffifam-
ment expliqué dans la précédente
note.

Quoi donc , le premier principe
de toute intelligence , ce principe

infiniment puiſſant n'auroit-il rien
fait de mieux que l'intelligence
très-bornée de l'homme ? Quoi, la
terre que nous habitons n'eſt qu'un
point dans l'Univers ; & parmi
tous les êtres qui compoſent ſon
vaſte aſſemblage, l'homme ſeroit
après le Créateur, la premiere &
la ſeule eſpéce raiſonnable ? & le
ſeroit au plus haut degré qu'une
créature puiſſe l'être ?

C'eſt ce que les premiers Sages
de l'antiquité, ces Sages qui, à
meſure qu'ils étoient plus éclairés,
ſe ſentoient plus reſſerrés dans un
cercle étroit de connoiſſances, ne
purent concevoir, ni admettre com-
mé poſſible. Ils conclurent de là
qu'il exiſtoit entre l'homme & le
Créateur un très - grand nombre
d'intelligences plus parfaites les
unes que les autres, & toutes ſu-
périeures à celle de l'homme.

Une Nation privilégiée que Dieu
B iv

éclaira d'une révélation expreffe ;
donna le nom d'*Anges* de divers
ordres, à ces intelligences intermé-
diaires entre Dieu & l'homme. Ce
font les Envoyés & les Miniftres
du Très - Haut. Elle leur donna le
nom de Dieux (*Elhoim*). Tous les
Sçavans en conviennent.

Les Sages des autres Nations pla-
cerent les intelligences fupérieures à
l'homme, d'abord dans le Soleil,
cet aftre qui, par les ordres du
Créateur, diftribue au monde la
lumière, la chaleur, la fécondité ;
enfuite dans la Lune & les Etoiles
qui nous éclairent en l'abfence de
l'aftre principal : ils regarderent ces
intelligences comme étant les principes créés & particuliers du mouvement des aftres, par analogie
fans doute à la caufe intelligente
& particulière qui dans l'homme
tient le premier lieu, & lui fait
exécuter des mouvemens volontai-
res. Ils les regarderent auffi com-

me des Miniftres de l'Etre Suprême, qui fuivant fes ordres, gou-
vernoient toutes les parties de l'U-
nivers & veilloient en particulier
fur l'efpéce humaine, la plus excellente de celles de la terre.

Timée de Locres, Platon, Chry-
fippe, Plutarque (dont le petit-fils
nommé Sextus fut un des Inftitu-
teurs de Marc-Aurele) lui avoient
tranfmis cette opinion devenue gé-
nérale (a).

Mais pourquoi l'antiquité donna-
t-elle à ces intelligences le nom de
Dieux, nom qui fuivant nos idées,
ne convient qu'au feul être néceſ-
faire & feul intelligent par effence ?
C'eft la 2e queftion.

Les mots font de convention.
Le fens de celui-ci a varié. Dans
nos faintes Ecritures, le mot *Dieu*

_____

(a) Cicero in fomnio Scipionis, &c.

B v

n'eſt pas borné à déſigner le divin Créateur de tout ce qui n'eſt pas lui. Il eſt auſſi employé à déſigner toute autorité ſupérieure.

Dans l'Exode (VIII. 1). Le Dieu Suprême dit à Moïſe : *Je vous ai établi le Dieu de Pharaon* ; c'eſt-à-dire, je vous ai donné ſur Pharaon une grande autorité.

Dans le Pſeaume 81 ce mot eſt appliqué aux Juges en même tems qu'au Dieu Suprême. *Dieu (eſt-il dit) s'eſt trouvé dans l'aſſemblée des Dieux, & il juge les Dieux étant au milieu d'eux ; juſqu'à quand jugerez-vous injuſtement ? ... J'ai dit vous êtes des Dieux & vous êtes tous enfans du Très-Haut, mais vous mourrez, &c.*

Parmi les Payens, Symplicius me paroît être celui qui a le mieux éclairci la difficulté, dans ſon Commentaire du Manuel d'Epictete

Voici comment il s'explique (pag. 367 de la traduction de M. Dacier), « Le premier principe étant
» la cause de tous les autres, les
» reçoit & les renferme tous en lui-
» même par une seule union. Il est
» avant tout, il est la cause des cau-
» ses, le principe des principes, le
» Dieu des Dieux... Si quelqu'un
» (ajoute-t-il) a de la peine à ap-
» peller du même nom ces princi-
» pes particuliers & le principe gé-
» néral & universel, il a raison; il
» n'est pas juste que des principes
» créés ayent le même nom que
» celui qui les a produits. Qu'il
» appelle donc simplement *princi-
» pes*, ces principes particuliers ,
» & qu'il appelle le général, *prin-
» cipe des principes*..... La cause
» des êtres étant au-dessus de tou-
» tes choses, n'a point de nom pro-
» pre qui puisse l'exprimer & la
» faire connoître.... Mais de tous
» les noms qui ont été donnés aux
» êtres qui sont après elle, nous

B vj

» choififfons les plus précieux &
» les plus honorables pour les lui
» donner ; & le nom même de
» *Dieu*, comme je l'ai déjà dit,
» eft emprunté des corps céleftes,
» &c ».

Ce font donc ces corps céleftes,
ou pour mieux dire, les intelligences qui, felon ce fyftême, les gou-
vernoient & qui avoient un foin
particulier de l'homme, que Marc
Aurele nomme les Dieux vifibles,
en ajoutant que, quand même ils
feroient invifibles comme l'efprit
humain l'eft, ils n'en mériteroient
pas moins d'être honorés.

Nous honorons dans notre Re-
ligion les divers Chœurs des
Anges, & particuliérement nos
Anges Gardiens, comme étant les
Saints Miniftres du Dieu Eternel.

Et de leur côté, les anciens Philofophes révéro;ent, fous le nom

de Dieux, les mêmes, ou à-peu-près les mêmes intelligences. C'est un fait. « Épictete disoit au rapport » d'Arrien (I. 14.) : Dieu a placé » près de chacun pour le garder, » un génie qui ne dort jamais & » qui ne peut être surpris. Pouvoit-» il nous donner un gardien plus » excellent & plus soigneux ? Ainsi » quand vous avez fermé vos por-» tes & fait de l'obscurité dans vo-» tre Chambre , songez à ne pas » dire que vous êtes seul ; car vous » ne l'êtes pas, puisque Dieu y » est & votre génie aussi : Ont-ils be-» soin de lumiere pour voir ce que » vous faites » ? (ἐπίτροπον ═ ποιεῖτε).

Marc-Aurele rapportoit tout à l'Etre Suprême. *M'arrive-t-il quel-que chose*, disoit-il (VIII. 25.) , *je la reçois en la rapportant aux Dieux, & à cette source commune de toutes choses, d'où procede tout ce qui se fait.* On trouve dans ce discours deux causes exprimées : *Les Dieux*

& *la source de tout* ; les Ministres de la Providence & le Dieu Suprême. C'est ce qu'on verra plus amplement au Chapitre de la Providence.

Au reste, il regardoit les Dieux créés comme des modéles de toutes les vertus : *les Dieux*, dit-il, (XII. 5.) *font très-bons & très-justes*, & (X. 8.) *les Dieux ne se soucient pas d'être simplement loués par des êtres raisonnables, mais de trouver parmi ces êtres des ames en tout pareilles aux leurs . . . . qui fassent tout ce qui convient à la raison qui leur est propre.*

Marc-Aurele étoit donc bien éloigné d'avoir au sujet des Dieux qu'il adoroit avèc le Peuple, les idées que les Poëtes en avoient données, idées proscrites par tous les Philosophes, comme étant des fables également fausses & dangereuses pour les mœurs ; c'est ce

que Platon avoit fortement établi
dans ses Livres de la République
& que Cicéron a répété si élégam-
ment.

Mais, dira-t-on, le sage Marc-
Aurele au lieu de détromper le
peuple de ses erreurs sur les faux
Dieux, y entretenoit ce peuple,
en sacrifiant avec lui au pied de
leurs statues. C'est la troisiéme ques-
tion.

Je n'ai garde de vouloir donner
Marc-Aurele pour un homme aussi
parfait qu'un bon Chrétien ; mais
un motif de justice ne me permet
pas de taire quelques faits, dont le
premier est une belle pensée de
Marc-Aurele, relative à la matière
que nous traitons. Je vais la rap-
porter, laissant au Lecteur le plai-
sir d'en faire l'application.

Que je fais peu de cas, *dit-il*,
(IX. 29.) « de ces petits politi-

» ques qui prétendent qu'on peut
» faire mener à tout un peuple une
» vie de Philofophes ! ce ne font
» que des enfans. O homme, quelle
» eft ton entreprife ? Fais de ta part
» ce que la raifon demande. Tâ-
» che même, dans les occafions,
» d'y ramener les autres ; mais ne
» compte pas pouvoir jamais éta-
» blir la République de Platon ;
» fois content fi tu parviens à les
» rendre un peu meilleurs ; ce ne
» fera pas peu de chofe. Quelqu'un
» pourroit-il changer ainfi les opi-
» nions de tout un peuple ? Mais
» fans ce changement, que feras-
» tu ? Des efclaves qui gémiront de
» la contrainte où tu les tiendras ;
» des hypocrites qui feront fem-
» blant d'être perfuadés, &c ».

On peut voir dans l'Hiftoire Ec-
cléfiaftique de l'Abbé de Tille-
mont fous l'Empire de Marc-Aurele, l'attachement furieux des
Payens pour un culte ancien, feul

autorifé par l'état & qui étoit encore embelli par de magnifiques
fpectacles.

Socrate avoit dit : « Vous fçavez
» la réponfe ordinaire de l'Oracle
» de Delphes à ceux qui deman-
» dent ce qu'il faut obferver pour
» faire un facrifice agréable aux
» Dieux » : *Suivez la coutume de
votre Pays* , leur dit-il : (Xénophon , Lɪv. ɪv. Des chofes mémo-
rables de Socrate , traduction de
Charpentier).

Ces Oracles, vrais ou faux, avoient
paffé dans l'efprit des Philofophes
pour une excellente régle de con-
duite extérieure.

F I N.

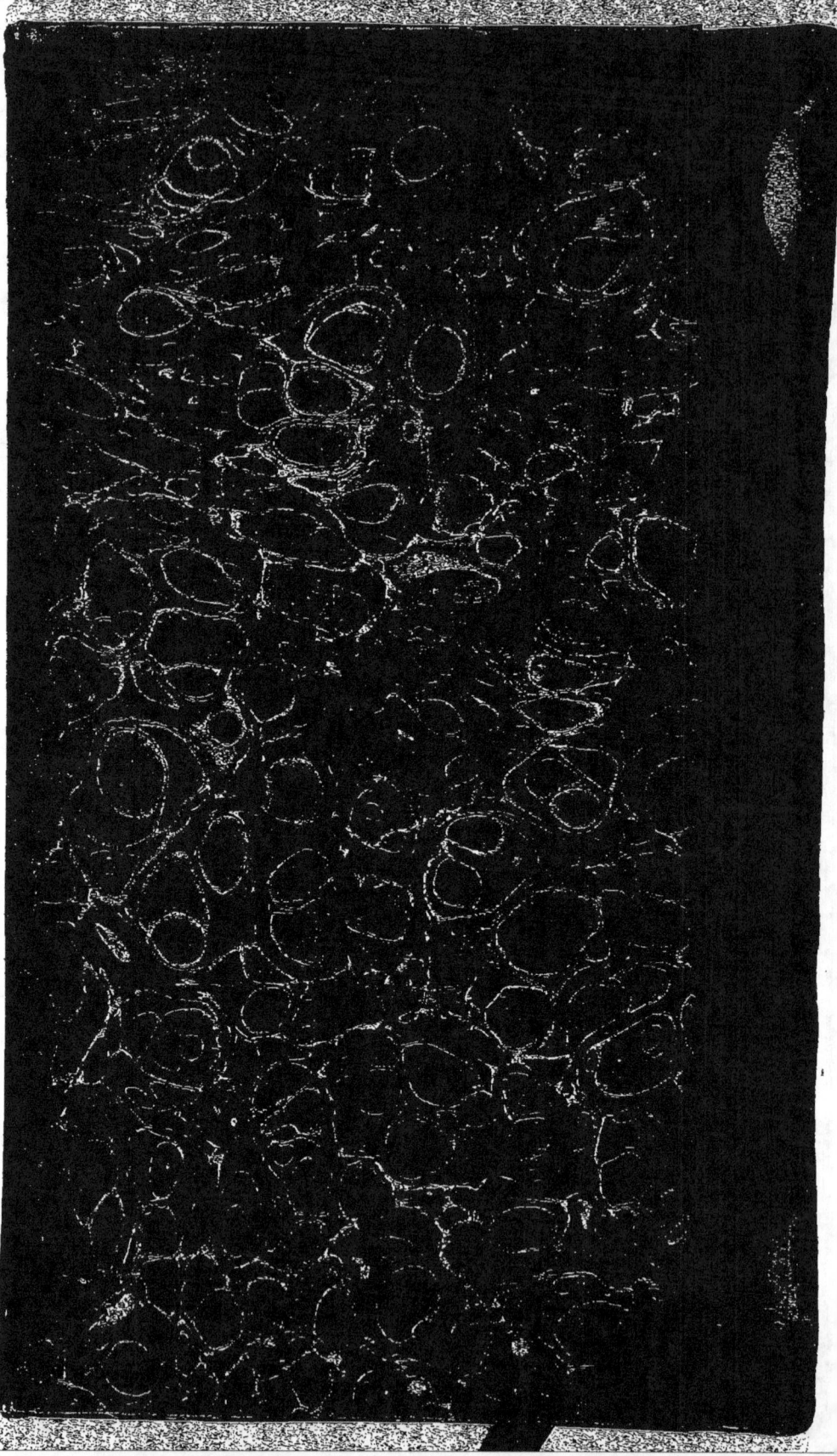